まばたきのあわい

まばたきのあわい

大久保春乃
OOKUBO Haruno

北冬舎

まばたきのあわい 目次

五

装丁＝大原信泉

まばたきのあわい

一

われから

頻闇《しきやみ》の淵《ふち》はるかより浮かびくるひらりひと耳ふわりふた耳

とどまる音と消えゆく音のしのびあう波間にあわき耳のあとかた

夜の海に流されてゆく言の葉の葉脈に浮くふた筋の傷

窓を打つ雨は莎草《ささめ》のささめごと小夜《さよ》のころもを深くかずけば

明日には明日の引き売りが来る竿秤に七つの罪をゆらり揺らして

背中の闇を駆け抜けるものたちの足音なれば一心に聞く

選びきしものもいつしか手放しぬ　編み地さだかにおもて目うら目

頭《ず》の中の石は日ごとに育ちゆき夢のもなかにこつりと当る

さゆらぎは風船葛の実にしばしとどまりてのちふたたびの風

朝まだきこの世の色にゆるゆると染まりてゆけるミンミンの翅

青き背の魚なるひと日もう一度叶うものなら穂波の上を

水の記憶をつづりし文の反故くしゃりくしゃりと歩む割殻《われから》の脚

われからは鳴かぬと言えり肩ごしに見上げる蛾眉のほっそりとして

金平糖

傷の無き玉のこころを抱くという月なり秋の夜長を高く

夜の入り口に立つのがふっと怖くなってコンペイトウ、と唱えてみる

たどたどとかぞえてみれば二十四のツノといえどもまろき頭の
わたくしのうちなる言《こと》のささめきを金平糖のツノに放ちて
もっと言えば。君は斜《なだ》りにたたみかけ金平糖をひと呑みにする

金平糖の小さき缶なり掌《たなごころ》ひとつがほどの空五倍子《うつぶし》色の

めっそうもない、と十指に打ち込めばはらりほろりと散りゆく心

うべないの後のしずけさ炎昼の遁走なりしこと、いまさらに

やわらかな風がことばにかわるとき門説経《かどぜっきょう》の遠のいてゆく

もう一人のあなたが夜のベルを鳴らすやり場の無いとうその場より

それもこれも言わなければよかったと　大つごもりの波のまくらに

かすみそう

カナリアのつがいは歌う濡れ縁の鳥かごに春の気配をまとい

小さい人が小さい指をいっぱいに広げて今年の春がはじまる

かすみそうの人なりと思う春の陽にほろほろ白きつぼみをほどき

かすみがくれの心であればゆうらりと火ともしごろのペンを苛む

あるべき人があるべき場所に帰りきて淋しい眉は中空に浮く

声もあげず心も削がずその細きひともとの茎に秘めきたるもの

水の声の遠のきてまた近づきてこの日月を文字のあわいに

本当に、を本当は、と読みかえてここより先を生きるよすがに

あたらしきあなたの季にたてまつる　変若水《おちみず》は月の霊水

朝朝を手ぬかりのなく蘇生する似て非なる我は我のあしたを

水の身に浮かびては消ゆ漏刻の目盛のひとつひとつの記憶

かすみそうの花芯に宿るやすらぎをやがて静かにことほぐわれは

道しるべ

風待ちに月日は過ぎてそこからもここからももう入る隙のなく

混ざり込むはつかな叛意　海原をころがりてゆくおぼつかなさの

つなぎ目はほつれにほつれ言い惑うそばからこぼれてしまう言葉は

だいたいのことは笑えばすむというからほのほのと笑ってみたの

易占に現われしとう、ら、か、た、は烏羽色《からすばいろ》の球なる眼《まなこ》

ふたたびの命の岸にうらがえる月のしずくのとめどもなくて
わたくしのほどに応じて鳥の灯《ひ》も身ぬちに秘めてこそと思えど
赤き実をたわわにつけてふるい立つぐみの一樹は道しるべにて

こぶ結び

桜の辻をひだりに折れてまっすぐにゆけばほどもなく海です

かなしみはほのかな温み　唇をすぼめて小さく　海、と言うとき

海原はみどりのことば朝ごとに遠鳴りて耳の底にうずまく

春の言葉の祈りとなりて湧きいづるアルカイックスマイルの海

海原にひとすじ青き笹の舟ほそりてゆける命の果てを

友達のいないあなたの耳もとでわたしが囀りつづけてあげる

ぎーぎーと鳴き鳴く黄顙魚《ぎぎ》の面構えまさしく鯰なりてむずりと

綺語悪口《きごあっく》きらきら降ればうずくまるばかり　夕べの眼《まなこ》をとじて

かわきそうでいつまでもかわかない瘡蓋《かさぶた》の辺にほの光る虫

君の手にかかればどれもこぶ結びにて、記憶の結び目までも

黙りがちな会話の間を　天井に動かぬ蜘蛛の八本の足

ふみはずしそうになるとき他力という言《こと》、ほっとりと身ぬちに落ちて

深更の手帖

受話器の内にほたるぶくろの揺れゆれてふっと心をこめそうになる

聞くほどにコードはからみ咲くほどにねじれて赤き捩花《ねじばな》の嘘

奥行きを見極めようとかがみこむブルーブラックのインクの壺の

ひと思い、とはいかなくて掬うたびふるえやまざる桜ゼリーは

三年のうちに叶うとかけ流す　五色よりなる願いの糸を

降り降るはさくらはなびら言葉とう言葉を遠く置き去りにして

約束はことごとく反故さくらさくら全山さくらなればひねもす

まなうらに桜かがよう　たれもかれもすこやかなりし姿のままに

夕空のほのかなたわみ　さくらよりさくらへ続く道のなかばを

目論見は花の筏にゆれゆれてからめての鍵探し続ける

君は隠喩に肩までつかり深更の手帖をさらりさらりとめくる

しらかみにうりざね顔のペンの文字　朝な夕なをなぞりておりき

帽子

春の真闇は帽子のかたち　藍深き海のまほらへ入るここちして

まあそんなものさね、という祖父《おおちち》の声　中折れのおぼろ闇より

あとかたは祖父の中折れ　帽子掛けにしずもりてゆく遠い記憶の

ひらひらのおやすみ帽はモブキャップひなたのにおいうっすらとして

断ち切ってきたものなべて繋ぐというおまじないはフェルトの内に

葡萄色の祖母のベレーのまろまろと守られている約束のあり

かのこゆり葵なでしこ　銘仙にゆっさりと咲く写真の祖母は

なんびとも抗しがたきはしらほねの象《しょう》なり、祖父のひとり語りに

鍔広の帽子の下の眼差しになぞられながらなぞりかえして

まろき頭《ず》をすっぽりおおうクローシュに瞠《みひら》けば彼の岸の辺《ほとり》が

水底の帽の闇より祖父《おおちち》の裸眼はきらりきらりとこぼる

変わり毛糸のざっくりとしたニット帽引き下ろしては春の月まで

透き通る声

喪の家を辞してあおげば夏の陽のまばたきしばし間遠となりぬ

みどりよりみどりへ　わたりゆく風のおりふし鳥のすがたとなりて

はだかりて久しき人の　韻律に生ききし人の　透き通る声

わかちがたき五音七音はろばろと弓張月のかなたへゆけり

そこに座しその肘掛けにもたれつつ空にかざししひと振りのペン

やすらぎのかたちはいずれ川楊《かわやぎ》に冬芽の生るる日なかであれば

縁先にほほえみかえすかえり花遠ざかりゆくひとりの影に

いくばくかでもほどけたら　たたなわる槐多の鎧、徹也の鎧

竹喬の『青黄句誦』もゆっくりと波のまにまに読まれておらむ

夕凪にしずまりてゆく青水輪《あおみなわ》　月の定座は永久に空白

一身みどりの青松虫は晩夏《おそなつ》の月の光にりゅうりゅうと鳴く

二

飛ぶ

水切りの石飛びゆきて一つ二つ三つ目の輪は掌ほどに

素っ頓狂に伸びる葉牡丹ロケットの形となれば飛び立ちそうな

まゆはきのひとふりに散る飛沫よりかそかなりこの怪《け》しき心根

当りそこねのファウルも竹の里人に邪飛と称され気骨稜稜

弾丸飛雨の昭和一陣駆け抜けし遺影の父のはにかみの眉

いさましき飛雄の時代《とき》ははかなくもかげろう稲妻水の月かや

はるかなる山々を越え赤縄のえにしを越えて来し花信風《かしんふう》

ひと山の甘夏の黄はうしみつを飛驒春慶の朱《あけ》と語らう

飛箭《ひせん》一矢二矢とかわせど人言《ひとごと》の繁き此の世のはてしなきこと

飛べぬまま朝陽を受けてつらら鳥軒下に身をほそらせてゆく

還暦のウメ子

ウメ子ウメ子と呼びかけられて還暦のウメ子は耳をひらひらとする

酷寒の日々はろばろとくぐりぬけウメ子は弥生の空に直ぐ立つ

思いのほか長い四足に踏みて立つ　しら梅ほろほろ香る小山に

そうよねえそうだわねえと言うように尻尾をくるりと回すウメ子は

左右《そう》の目ははつかな距離を保ちつつ六十年を連れ添いて来ぬ

うす紅のスイートピーも食べますと少しはにかみながらウメ子が

厨風景

まわるまわる茄子の乱切り問うことと問われることの間《あわい》をめぐり

れんこんの輪切りの穴に丸丸と呼び覚まされて立つ笑い声

半可通めきて柿渋の帆前掛け左右の腰骨ぐるりと巻いて

ざる一杯の銀杏だいこん関心の向きをわずかに違《たが》えつつ

犯人は黄星円跳虫《きぼしまるとびむし》にして空芯菜《くうしんさい》はもう穴だらけ

またたくまに白髪《しらが》と化すは千住葱　太々と腹くくりしのちを

包丁に水の灯ればうっすらとしろがねに立つ花魁《おいらん》の首

笹の葉のささがきごぼう恋うほどに先へ先へとさらわれながら

しんみりと干し椎茸はほとびゆく水のことばを読み解くように

粗みじん切りの玉ねぎ、粗みじん切りの人参、はにかみあいて

水のほとりを行きつ戻りつもうすこし掌をひらいていようかと

砂肝のこんにゃく炒め噛むときの音なりしゅわりしゅわり優しく

星勘定

呼び出しは秀男、白扇《はくせん》ゆったりと宙にとまりてのちのさかしま

千代丸の顎より胸へなだれこむゆたけきはだえ五月の乙女

千代鳳の空はねかえすまなざしの先に志布志の星のまたたく

星勘定をすれば勝ちに走ります。粛々として親方の言

白鷺の飛び立つごとき立合いの一閃　天《あま》つ光をはなち

右の肩もりり左の肩もりり押しひといきに白房下《しろぶさした》へ

そんなこともありましたかというように手刀すっと切る安美錦

まどかなる土俵のうちの花まつりまばたきの間にひらりとかえる

新入幕

昔々あるところにと語り出す旭秀鵬はさがりを分けて

もう少しで乾いてしまいそうなのと女神にそっと迫る阿夢露

災難がもたれかかってくるとでも　千代鳳のかそかなふるえ

白房の下まっすぐに大栄翔　新入幕とはうつくしきこと

講堂の重い扉を押し開けるごとこんもりと臥牙丸の胸

身のうちの深きをほうと呼びて立つ琴勇輝とう時間の層は

早く早くと足ばかり急《せ》く勢のツリ目のゆるむ春まで待って

立合いの箱ゆっくりとひらいては半ばを閉じている安美錦

棚に立つ人形たちはハンカチを四つ折にして遠藤を待つ

しなう声つきやぶる声かきわける声にも半眼の照ノ富士

マウンド

マウンドは小高き聖地とりまきの万《よろず》の息をひとのみにして

鳴り鳴るはずどりずどりと飴色の焔短きキャッチャーミット

上半身をその細腰にすっと乗せ瞬時《いま》、球場は岩隈のもの

掌にひと跳ねふた跳ね鱗粉の遊ぶは小さきロージンバッグ

白球のさまよえるときたたなわる外野席より一陣の風

センターバックセンターバック藍ふかき菖蒲の声の髄まで透る

本塁打はたまた邪飛球はつはつと水銀灯に白蛾の寄りて

見届けるフライのゆくえ根も葉もないポール一樹に運命を分け

まぼろしの蒼のグラブに遠き日の色鉛筆の十指が浮かぶ

スコアボード

キャッチャーミットにどすっと沈み快煙を上ぐ　山口俊の剛球

復活の守護神なればマウンドとう枯野にしばし天を仰ぎて

力草《ちからぐさ》さかさに立てて遊ぶような　束の間あおき少年の眉

スライダーはたまたカーブ横浜の空に舞い舞うかもめさながら

さやさやと記憶の浅瀬に馴染みしは行くぞ大洋ホエールズとぞ

かなたより舞い込む不安　生霊《しょうりょう》はスコアボードの内にまたたく

さは言えどコントロールは横揺れに続く縦揺れそぞろ悲しも

降りそそぐ雨のグラブにオニキスの濡れぬれとした漆黒の魂《たま》

芝はみどりの雨をふくみて奮い立つ九回の裏一死満塁

ベイスターズ

かなたに去りし好機も続く敗戦も呑みて迎えるほかなき九月

東京ドームにて
三浦大輔八年ぶりに勝ちし夜のほろりと苦き丸干し鰯

ファームの草は若きらのもの　三浦大輔、君の浜辺へはや帰り来よ

この夏をかけし航路のあとかたもなければただに白き一球

日ごと夜ごとに淋しき四番　快音は遠き海鳴り筒香嘉智《つつごうよしとも》

捕手は扇の要であれば波打てる敵の牙面にたちはだかれよ

防具一式ぶるりと揺らし捨てたるかフルカウントに芽生えし迷い

ひろびろと投げよと双の手をひろげ地にしずもりて一球を待つ

キャッチャーマスクの奥に微かな光あり振向きざまの聖者のような

湾岸の星と輝くはずなるも流れ流れて秋の入り口

強ければ愛しきものを弱ければますます愛しあわれ横浜

かのやかのや

そぼそぼときなこを食めばそぼそぼと窓をぬらしてかのやの雨が

葛餅はのみどに落ちてわたくしの中のかのやがほんのりとする

唇より皮手袋が好きなのとまつげをそっと伏せてかのやは

二つ折り四つ折りにしてたたみ来し戻れぬ場所のはろばろかなし

束《つか》ねかねいだきかねてはうちなびくカナリア色の君の仮名文《かなぶみ》

おののえのほとほとしくも「以下略」の後の枯野をゆくつむじかぜ

かのやかのやあるかなきかの葛の香にうるみがちなる心を立てて

まかなしみ心変わりにゆれゆれて柳は冬の息を深める

いただきは玻璃の内なる天球儀ちとせをほぎて凪にやすらう

三

万物流転

たなごころのくぼみで君と再会す万物流転などか淋しと

それからそれへことごとく覆す役どころにてなべては暗喩

賤男《しずお》染月《そめづき》ここからがほんとうの交わりなれば心して立つ

くるぶしの群れきうきうと鳴きかわす父亡き後の夏の座敷は

重なりそうでまた離《さか》りゆく魂のかなたに灯るいざないの文

意味と言う不可思議な影うしろ手につなぎあいては連なる言葉

恋文屋とう商いのありしこと　山に折りまた谷に折りては

十重に二十重に折りたたまれし薄紙の小さき闇より呼ぶものの声

日傘くるりと回せばはるか丹田に卍巴の鍵ひとつあり

風に沈むその白髪のあわいより忘れさられし鍵のほとりと

生の緒は太るでも退《ひ》くでもなくてただ影ばかり深まりてゆく

なま酔いの斑瓜かもややもせば笹の枕に家の妹《も》を恋う

ふらここ

ことづてはついに覚えきれぬまま天《あま》くだる秋の植物図鑑

錦木の朽葉に朱《あけ》のきわまりてこれより先はのちの生《よ》のこと

白猫のふとふりかえる坂道を長々とゆく聖體行列

ふらここに此の世彼の世を漕ぎ分けて風に聞かせる花いちもんめ

かなたより注がれしものこなれゆけば暮れ方ははつかな前のめり

デイパックに根も葉も入れてもう誰も構わないでと閉めるジッパー

さえぎることができるだろうか秋天に心運びてゆくものの手を

身めぐりは圧倒的に反転しひねもす繰りている曖昧絵

入り口はなべてさみしく振り向けば静かに閉じてゆくものばかり

歌の実ひとつ

行きたい処はどこと問われてつらつらとこの世の内と外とを思う

梅雨《つゆ》茸《たけ》となりて向き合う方形の白き屋内《やぬち》に息ふかくして

春巻みっつ焼売《シューマイ》いつつどこまでも割り切れぬもの二人かかえて

共にあることに〈意味〉はいらないと気付けば激《たぎ》つ心もはるか

見うしないそうなこころに佇めばいずれの路へ君の迷える

うつせみのことわり遠くはなれ来て歌の実ひとつひっそりと抱く

絶え絶えに生き継ぐ君が「欲望の駆動原理」と書くみそかごと

がらがらと君に鎧戸をおろされて思い出の中のわたくし消える

ゆらり寄せゆらりと離る雪やなぎこの世かの世の風の岸辺を

険しさはおりふしほどけ君の肩に雪輪の模様ほんのりと透く

余光

かすかなる残光としてかの年のさくらひとひら夜の玻璃戸に

さくらさくら影なるさくらひと文字を書き始めよと降り降るさくら

散りかかるさくら花びら左手をすうと伸ばしててのひらに受く

鳥目なの　あらわたくしも　半眼にほほえみながら夜のさくらは

思い出すのは後ろ背の君ばかりひと日の果ての余光のような

ねじれねじれてようやく見えてくる風の言葉はどれもこれも体言

反り返りまとわりつきてとめどなしこの身にあまる歌ものがたり

それも違うこれも違うと思いながらページを繰ればみんなあとかた

患いは煩いなればわたくしの雛形を膝に小さくたたむ

観世水に浮きつしずみつ今生をおしころされてきたものの影

自転車が8の字に来て風を置いてまた8の字にひかりの中へ

みるみるうちに老いゆく背中丸椅子をくるりくるりと回す男《お》の子の

夢の底

物語はたしかにあって言の葉はかろがろと時の果たてにつづく
四《よ》片《ひら》なる花を六《む》片《ひら》と読みかえて活字の海に浮かべておりぬ

天気晴朗なれども、と言いのぼりゆく声とどまりのところも知らず

今日もまた受話器に呑み込まれてしまう上枝《ほつえ》下枝《しずえ》に織りたる言《こと》の

こんなに淋しくていいのかしらと思いながら歩き続けている夢の底

この夜もめぐりたどるは同じ道なれば目つむりずんずんと行く

今生を永久に呼ばれぬ名のひとつあり海の家《や》に置き去りて来し

山椒魚の卵のうちに封印す　波音のようなその名を

思い出はほのかむらさき　ふと立ちてかくり世の窓ひらくそぶりに

がんじがらめの心の底にしのばせておくさみどりの小さな新芽

〈縦横《たてよこ》よろけもじり織り〉なるストールの藍深々と胸のぐるりに

無言電話の息のむこうにたたずめる後ろ頭のとがりしあなた

三河木綿

遠い日の花の芯よりあふれ出て今をみたして降る夜の雨

半身にて、もしくはきれいな横並びにて、足取りを雨にあわせる

どこまでも歩く夢とうコスモスの柄のパラソルななめにさして

汗ばみながら冷たくなってゆく衿のうちよりほうと洩れる吐息が

言い訳が影を落としているうちは三河木綿にもたれており

待つほどもなくゆうらりと吹き初めし風なりまろき肩のくぼみに

籠り居の朝の窓辺にうちひらくそぞろ淋しきレーヨンパンツ

天翔けることばを待っているうちにすり抜けてゆくものたちの影

ほのぼのと花をかかげて待つことの幸いはそう、のちの世のこと

雨の底いに消えがての虹わたくしのめぐりのものはなべて去りゆく

もろともに

繍《ぬ》い絞り手描き摺り箔なみなみと菊づくしなる一冊をたぶ

胎内仏のごときしずけさ菊毬は鹿子絞りにうめつくされて

延年草と呼ばれて久し年ふりてなお美しき黄菊白菊

しろがねの毛抜　夜烏《よがらす》　葦の花　枕の辺より出《い》で来しものは

此の世彼の世のへだてもあらず懐かしき人わらわらと枕辺に寄る

足もとで誰かが座り直すたびに骨のつぎめがきしきし言うの

もろともに、とははろばろと置き去りし言《こと》にて今朝の固きひっつめ

ゆっくりと巣箱にもどる鳥の尾のようにさゆらぐ小さき後悔

この責はことごとく僕が負いますと暁《あけ》の野道を踏み来し蟻が

見上げるようなあんず若葉のなかほどにひと筋ゆれている風の道

はじまりはいずれも光　五枚の葉書にくっきりと立つ五つの光

しきたりは守られてこそ　ひまわりの種はきっちり百と八粒

三つ折りの言葉と思う段階的解除といえど確約もなく

高麗山《こまやま》をはるかに仰ぐ道しるべふるさとさして鳥わたりゆく

四

梅ものがたり

かりそめのひと日と思う踏みゆける梅の林に梅の香れば

この日々を心つくしてしだれ咲く白梅もいつか古木となりて

宵闇にほつりほつりと語りだす三男四女の末の娘は

ひと巻の糸のほどけてゆくような記憶の里の梅ものがたり

臥してなお龍の梅とぞ眠そうな目にゆっくりとよわいを重ね

月の光がひとすじに透き通る梅の小道をたどりてゆけば

白梅は咲ききわまりて散りかかる　父なる指に母なる指に

泣かないのよ、という声のする黒々と夜来の雨にうるむ幹より

逝く春

電波時計がカチリと光りもう時はいくばくもないことを伝える

前ぶれはあまりに小さく気がつけば寄せては返す波のきれぎれ

逝く春のなゆたの嘘のつきはじめ一身骨の髄までなみだ

海鳴りにあらがうように六角の黒い鉛筆を握りつづけて

どこまでもさかのぼれるわ大父の記憶の椅子に心ゆだねて

双の耳よりうなじより背中へと音とう音のすぼまりて消ゆ

花しずめ眠りの淵をゆうらりと　それより先は言葉であれば

大きな鞄にたっぷりの春の水こぽんこぽんと揺らして運ぶ

律儀なるそのやさしさにあさつゆの命ふたつを浮かべておりき

きさらぎの玻璃のグラスになみなみと来し方のあり行く末のあり

角砂糖ほろほろ溶けてゆくような春のまなかをいねがてにする

碧をふかめる

闇を呑み闇に呑まれてふりこぼす悲しみならば夜の真中へ

眠り浅き幾夜の果ての雨音の耳のふちよりあふれてしまう

その先へ行く道筋の見えぬままわたくしひとり碧をふかめる

風に鳴る言の葉の束　こわごわといちめん碧の水際に立つ

言の葉の繁りのうちにみずみずと今をたのめるひとりと思う

男《お》の子女《め》の子のつぎつぎひらく花のもと大きな空を抱えて帰る

暮れ方を海へと続く道の辺に卯の花色のこころ置き去る

眼鏡をはずしそのしら骨をほきほきと折りたたみゆくまでの淋しさ

ほそき雨のさいげんもなく落ちつづく酔生夢死のかなたのひとよ

レモン水

背景は六月の窓　送られてゆくたれかれの影がかさなる

ひとときを隣り合いてはそののちを夕凪のように別れてゆきぬ

レモン水すうすう吸いて水雷《すいらい》も文目《あやめ》もわかぬときのまに居る

いと薄きレモンの輪切り重ね重ね恐れ入りますとばかりに澄む

そこかしこ炭酸の泡　立ちもどり言いさしてなお水面に浮く

うすぎぬのゆかりと思えば貴くてストローの蛇腹に触れる

此方《こなた》の時と彼方《かなた》の時のゆきあいに指先かすか届きそう

花ざくろあかあか咲《ひら》き撫子のさやさや揺れて六月の満つ

梅雨空に結ぶほかなき唇のそのふたひらをそっと噛みしむ

ロールケーキ

海風に吹かれて立てばありありとかの夏の日の野球少年

浮かぶようなあのうす紅があの白がもう街中がはなみずき

青ばめる葉ざくらの風今生の果てよりさやりさやりと渡る

本日最後のロールケーキでございます。そんな哀しい言《こと》をほろりと

ありなしの明日を語りて仰ぎ見る天つ空よりさみどりの雨

赤い靴のおみなごはるか海の日はうちふところにしずかに暮れる

ゆきてかえらぬ

此の岸の辺《へ》にしろじろとかろがろと苧殻《おがら》ひと束息をひそめる

ほきほきと苧殻《おがら》を折れば暮れゆける雲の間《あい》よりひと吹きの風

露草の青のちりばめられし野に、ゆきてかえらぬいのちと思う

父を送り母を送りてひとつまたひとつと増えてゆく絵燈籠

現し世を半歩はなれて　盆竈《ぼんがま》の遠い光の中のうからら

張り詰めてほろりほろりとこぼれ初む心を送り舟にゆだねる

揺れ揺れてゆく花舟にひとすじの舟路のあると聞けばかなしも

夏茱萸の夢

夏萩の咲きひろがりて今生のかたえに来む世の影の生まれる

時を超えて行きつく場所のあると言われ夏萩ふわりふわりと揺れる

ひとつ叶えばもうその先のかなしくて椎の葉裏に今年の蟬も

砂のうちに一生《ひとよ》を終えるはますげに心ふるえる一夜もあらん

紅き実のほつほつ灯る夏茱萸の夢と思えばうつくしき紅

黄色い蝶は母かもしれず、草合歓の花かもしれず、夏のまんなか

木斛の幹を日に日にのぼりゆく蔓手毬ちいさき白をかかげて

線香花火のなきがらなれば手から手へ蚊帳吊草はほどかれてゆく

しろがねのずっしりとして黙深く鍵のかたちの心と思う

草かげろう

夕凪の縁《えん》に別れて来た人の爪のかたちの思い出される

永遠の薄暮であればゆうらりとむらさきの空、むらさきの文字

胸ぬちにからんころんと時の鐘うずまくごときひとときの逢い

みひらきてのちゆっくりと半円に笑み深めゆくまなこと思う

火を埋めて眠るならいもはるかなる往時となりていつしか消えぬ

命をはこぶ水の流れにしばらくを耳かたむけていたるばかりに

身をひとつ左へゆるい坂道にめぐらせゆけばそこが海です

ほのむらさきの煙ひとすじ廃船の蔭へしずかに吸われてゆきぬ

水ぎわの緑をひたにたどりゆく　いずかたまでが禁足の森

端正ないずまいのままつゆくさのゆうべの露のほどけてゆけり

すぎゆきを草かげろうと読みかえて行方の知れぬ心を放つ

なつかしい風に吹かれてあかときを草かげろうの翔び立ちてゆく

よべのなぎさを思いおこせば浮世なる扉の閉まる音のはたりと

五

宿世

ひととせの忌日の野辺の冬枯れにしら梅の舞う風花の舞う

寒天のきわまるひと日まらひとの風より生《あ》れて相模の国へ

花びらは鳥になりまた母になりなぐわしき地を吹かれてゆきぬ

紐をほどけば母のふるさと香箱の内よりほそき薄羽蜉蝣

白梅も古木となりてほの青き苔を空へ空へ押し上ぐ

それはあえかないらえであってひと筋の煙の内に瞬のまたたき

宿世とう美《は》しきふた文字沈香《じんこう》の細き煙のかなたに揺れる

相模野をわたる寒風バスを待つひととき花の髄をさいなむ

水の扉

夢の世の渚にならび船の名を読みては沖へ見送るあそび

うつし世のなぎさに果てるはずなるをふた世を越えて海にまみえる

藍ふかき支那縮緬のさざなみの光に浮きて船の行き交う

おぼろなる春の波間をゆく船の右舷《ふなばた》にあえかなる傷

その声に耳を澄ませばさらさらと水にまみれし時のこぼれる

とことわという名の今を　波の音にあなたの声にたゆたいている

帰りゆくところと思えば君の背の一面に海　魂《たま》ふるる海

めぐりあまねく青き水面《みなも》のただ中にあなたが置いてみせるひと色

寄せては返すあるかなきかのたましいのしずかに開く水の扉は

水の扉に刻まれし声の青青と、命はなべて消えゆくものと

変わることも、と言いさしてやむ　水底の扉をそっとふるわすように

あやまちを秘め持つ橋と聞きしかばふっと小さくなる船溜まり

残るもの残されるもの忘却の春のひと日の桟橋に恋う

ひたぶるに慕いしのちの海の青あるがままとう風情に風は

ペルシアの絹の火影にほつほつと失いてきしものを数える

弥生の風にあらがいながら笑いあうカモメ静かに祈るカモメも

しろがねの鍵

障子ごしのうっすらとした陽の内に黙ふかめゆく雛の黒髪

大切にここに畳んでおきましょうおぼろ月夜の夢見のはなし

寄る年波の寄せては返す波の間に女雛の笑みと男雛の吐息

きさらぎの畳をふめばさらさらとわらわ心の流れてゆけり

鋭角に空を切りとる窓の辺に時をまといて重きタッセル

父は考、母は妣にて　書き込まれゆく赤き文字ばかり見ている

あとかたの内に消えむとおぼろ夜を一心不乱さくらしべ降る

夜鳴鶯《ナイチンゲール》に寄せるオードのたゆたいに夢のつづきをゆだねておりぬ

雨の夜をうすくめぐらす双の目の先にたたずむしろがねの鍵

ふじのねの絶えぬ思いの央にありておぼつかなきはひとつ空箱

なだめるようにいさめるように水無月の低きみそらに鳴る鍵の音

まばたきのあわい

ひとときもとどまり知らぬ鳥鳥の声　あまくものゆくらゆくらに

つつましやかな標識にありました　これより先は花降る森、と。

闇雲の闇よりふっともたげたる目の上二十五センチの闇

春の夜をひた降りしきるはなびらのとこよのかりのひきいつらねて

梅東風より桜東風へと季《とき》をへて見送りて来したれかれの面《おも》

ほつほつと白を灯せる小米花《こごめばな》　閼伽《あか》の水面に映りておりぬ

はまゆうのへだつ岸なり父がわたり母がわたりて行きしみどりの

まなかいに浮かべてそっとなぞりたる前《さき》の世の時後の世の時

小夜鳴鳥《さよなきどり》がひぃよひぃよと鳴きつづく月の明かりにあなたを呼んで

潮騒に指のくぐれば眠りたい耳がしずかにひらいてしまう

眠らない月の小鳥は夜もすがら桂の枝でうたっています

ふくかぜの眼に見ぬ人を想いつめ到りし果ての空と思えば

途切れてはめぐりてはまたながらえてかそかにつづく息の緒のあり

膝に重ねるてのひらの冷たさの　哀しみが透き通ってしまう

手袋と手首のほそきあわいよりためらいひとつそっとこぼして

耳もとにインドの恋唄　まなうらに鏡の無限　なべては祈り

とっぷりと暮れて鏡はゆくみずのみなわの内へ闇を深める

鳥のことばをつらねて君は繰り返し噛んで含めるように　さやかに

うべないはうべないを呼びおくしものみのしろごろもまでもぬくとし

かげろうのそれかあらぬかひとときをむつみて鳴ける鳥の姿に

それはそも覚悟の上といだきあう身ぬちにふかく空を求めて
それもこれもなべて愛しと思うまで、一切の空をことほぐ
とことわをさがしつづけてきたようなまばたきのあわいのような

花、そして花　五木玲子さんの画集に魅かれて

刻々と命の茎をたわめつつどこへもゆかぬ去年《こぞ》の紫陽花

いっそ、と思う刹那もありて　綿《わた》の木に綿の実五つはじけし夜を

繊月に待ち伏せ顔の烏瓜ふうらりと白き花の糸もて

いけどりて夜へいざなうかわたけの流れの身ともインド浜木綿

さ迷いしひと夜ののちをしろじろと水の心に立つ虹の花

夜もすがら意識の縁《ふち》にゆれやまぬ唐糸草のほのかくれない

待ち合わせはイタドリの下《もと》しののめの明けゆく空に青きざすころ

花びらを空に放ちて咲ききりし天涯孤独　朱の曼珠沙華

此れの世の闇に真白きアマリリス　永遠の命の刻印として

思いを残す、残さぬ、残す　いつしかに水無月の風絶えて文月

彼の世より緑の茎を太太とさしのべて笑む白き大輪

音をたてて変わりてゆける人の世にまぬがれがたくさやぐ息の緒

だれもが通る道ですからと　ひともとの夕日を透かす葦になるまで

かなうこともかなわぬこともきつく閉じたアンモナイトの瞼《まなぶた》のうち

二つながら痛々しきに背きあいアザミは棘の内にみひらく

あめつちに神のかかげるともしびの数だけ揺れているキツネユリ

文具一党

ものなべて遠のいてゆく暮れ方を水性ペンの一心不乱

いと小さき鉛筆削り精霊のすみかであればやさしく灯る

閃いてたちまち消える言の葉を追うすべもなきものさしの恋

薄き刃を合わせてほっと赤らめる乙女さびたる紙切りばさみ

たたなずく言《こと》また言《こと》の青垣を文具一党敬して望む

魚偏に三角定規と書いてもう三角定規は泳ぎはじめる

消しゴムにも消せぬ痛手はありますと悟りすずしきペンの長老

マドモアゼル万年筆はキマイラの火を吐く岸にすっくりと立つ

この場所に今をとどめておきたくてひとつ若草色のクリップ

ノートから身をのりだして付箋紙の思いはふわり春のみそらへ

しらうおの指

六の坂を一気にのぼり正門にたどり着くころアヤは汗だく

ガイダンスの日からずっと憧れです　美しすぎるキトラ先輩

黒髪は記憶の遺産　誰も彼もカーキアッシュにカラメルベージュ

英文字のビーズを繋げつつふっと　ヒナにはお母さんはいません

巾着といえどブルーのスケルトンにて縫い糸はつやめく銀糸

瞳の中の瞳くろぐろ盛り上げて就職よりも結婚したいの

フェザーステッチ迷わずぐんぐん進むから　全円の虹ももうすぐ

逢いたいと思ってしまいそうになるとき食いしばる歯のようなへら

いかようにも印されたくて　チャコペンかへらかルレットはた躾糸

握りばさみは握り極めて斜交《はすか》いの憂き目のままに研がれるという

針山に十九歳の髪を閉じ込めてかなしい笛をすーすー吹いて

気がつけば長針《ながばり》ばかり　指ぬきの影のいつしかうすれてゆけり

レポートはスマホ入力ひらめくは十一人のしらうおの指

ひらひらと入力変換するするとスクロールはっしはっしと保存

やるときはやるエミリンは終日をパソコンルームにこもって独り

コムデギャルソンって唇にのせるとき駆け出すのモノトーンの声が

そう呼んでみれば風にもなりそうな楓花さんとふっと目が合う

うーんそうじゃなくて今なの今生をたなびく薄い闇のひととき

花野より

確かなことはひとつもないという顔でかそかに揺れているしのぶ草

紫の秋のあざみはひとつめの問いのさなかをさかりてゆけり

導きの花とし見れば目にしるき雁来紅の深きくれない

かるかやの穂のなびかいのさやさやと去りゆく時を追う術もなく

長月の夜をふかぶかと眠りつつあかごみどりごみのりてゆけり

揺りあぐる萩のことども二日経て君に告げなばほのかに笑まう

そのかみの歌のことばのはしきやし返す返すも思いかくるも

みずからの場所とはいずこ立ち枯れし柘榴の洞の黒々として

花野よりはなれて遠く思いみる泡立草の泡のことども

声立てて標識を読むおさな子の二人と見ればふわりと三人

波打ち際に灯りていたる夢の文字　アカウミガメの瞳の色の

打ち寄せられて重なりあえる貝殻にまったきかたち一つとてなく

あとがき

思い返してみますと、二十代で短歌と出会い、三十代の終わりに第一歌集『いちばん大きな甕をください』を、四十代の半ばに第二歌集『草身』を、五十代の初めにエッセイ集『時代の風に吹かれて。―衣服の歌』を、それぞれまとめました。そのあいだに「醍醐」、そして「熾」という二つの短歌結社に、どちらも十五年ずつ、お世話になり、二〇一九年に「熾」を離れ、いまは遠い初心の日に還った気持ちでいます。

ここに収めましたのは、二〇〇八年から一八年までに詠んだ歌、四四〇首です。二〇一六年の一月に母を送ったあとの寂しい日々に、俳句の会に誘っていただき、また学校の非常勤の仕事を長いブランクののち再開することにもなり、励まされたことでした。さまざまな方のお力をいただきました。おかげさまで、ほそぼそとでも歌を詠みつづけられたことはありがたいことでした。なによりもしあわせな力を頂戴しました。いまは、新型コロナウイルスの脅威にさらされ、先の見通せない日々になりましたが、これからも歌の力を信じてゆきたいと思います。

最後になりましたが、このたびも素敵な装丁をしてくださいました大原信泉様、北冬舎の柳下和久氏は一度は投げ出しそうになった私を根気よく見守ってくださいました。おふたりに御礼申し上げます。ありがとうございました。

これまでお世話になりましたすべての皆さまに、心より御礼を申し上げます。

二〇二一年三月九日

大久保春乃

本書収録の作品は２００８年（平成20）―18年（平成30）に制作された４４０首です。本書は著者の第三歌集になります。

著者略歴

大久保春乃

おおくぼはるの

1962年(昭和37年)、神奈川県平塚市に生まれる。88年、短歌結社「醍醐」入会。89年、日本女子大学大学院修士課程家政学研究科被服学専攻修了。2000年(平成12年)、「醍醐」新人賞受賞。03年、「醍醐」退会。04年4月、短歌結社「熾」入会。2019年、「熾」退会。著書に、歌集『いちばん大きな甕をください』(01年、北冬舎)、歌集『草身』(08年、同)、エッセイ集『時代の風に吹かれて。―衣服の歌』(15年、同)がある。

まばたきのあわい

2021年7月10日　初版印刷
2021年7月20日　初版発行

著者
大久保春乃

発行人
柳下和久

発行所
北冬舎

〒101-0062東京都千代田区神田駿河台1-5-6-408
電話・FAX　03-3292-0350
振替口座　00130-7-74750
https://hokutousya.jimdo.com/

印刷・製本　株式会社シナノ書籍印刷

ISBN978-4-903792-76-7　C0092